나를 찾아 나서는 길

인생길에서 방황하는 이에게
'삶'의 지혜를 주는 명상록

나를 찾아 나서는 길

서해원 지음

좋은땅

오솔길에 다다른 그 발걸음에 부쳐

　이 책은 참된 나, 나와 남, 나와 세계, 나와 자연, 삶과 죽음 등 우리 인생 전반에 걸쳐 필자가 평소에 생각하고 느낀 것들을 쓴 글이다. 사랑, 용서, 행복과 같은 긍정적인 화두와 함께 불행, 소유, 욕심, 죽음 등 반대편에 있는 것들에 대한 단상(斷想)들이 있고, 인식과 감정, 판단, 진실과 같은 인간의 정신세계에 대한 관찰도 정리되어 있다.

　얼핏 선문답(禪問答), 혹은 경구(警句)와 같이 느껴지는 이 글들은, 대상에 대해 필자가 깊이 침잠하여 궁구한 것들을 모은 것이어선지 서사(敍事)가 있는 글이 아닌데도 읽어가면서 어떤 삶의 서사를 짐작하게 한다. 필자 나름의 꽃길과 골짜기와 암벽을 거치며 결국에 이른 조촐한 지혜의 오솔길을.

　책을 읽고 난 느낌은 삶과 사람에 대한 긍정, 욕심 없는 사랑이 글 전체를 관통하고 있다는 점이다. 희로애락을 겪으며 힘겹게 사는 모든 인생을 고요히, 궁휼히, 멀찌감치서 기다리며 보고 있는 글쓴이의 시선을 느끼며 한 편의 글마다 그 나름의 감동과 파장을 만나게 된다.

천천히 음미하듯 읽으며 필자의 평안함에, 그 무욕(無慾)의 결론에, 경계(境界)가 없어진 자기애(自己愛)에, 마침내 맛보게 된 물아(物我) 일치의 진정한 행복에 고개를 끄덕이게 한다. 삶이 어려울 때나, 갈등이나 선택의 기로에 서 있는 사람들이 한 편씩 읽어보면 어려움을 극복할 지혜와 함께, 적지 않은 위로를 받을 듯하다.

꽤 오래 필자를 알아 왔다고 생각하는 저는 열심히 살면서도 욕심을 절제하며 균형이 있는 삶을 살아온 필자의 인생을 만나는 것 같아 반가웠다. 조촐한 그 오솔길에 늘 새가 지저귀고, 고운 꽃이 피어 있기를 기원하며 책의 발간을 축하한다.

선배 권오주

머리말

'나는 누구인가?', '나는 어떻게 살아야 하는가?' 어린 시절부터 이 두 가지 화두를 늘 생각하며 살았다. 그러던 어느 날 문득 '생각'이라는 굴레 속에서 살아가고 있는 나를 발견했다.

이 책에서는 삶의 방향성을 찾지 못하여 고민하고 방황하는 이들에게 해주고 싶은 말들을 적어 보았다. 절실함과 진실함의 이야기가 누군가의 삶의 길에 조그만 보탬이 되길 바라는 마음에서 글을 쓰게 되었다. 또한, 〈어린 왕자〉 같은 책을 가지고 구성원 특성이 다른 여러 집단에서 독서 모임을 운영한 경험이 다수 있었는데, 이 책이 다양한 독서 모임에 유익한 책으로 활용되길 바라는 마음에서 집필했다.

말은 생각을 담는 그릇이며 지시적이기도 하지만 달을 가리키는 손가락처럼 불완전하여 의미가 왜곡되어 전달될 수 있다. 짧은 시간에 읽을 수 있지만, 긴 시간 동안 사색하고 음미하여 삶의 지혜를 얻었으면 좋겠다. 이 책을 읽으며, 자신을 찾아 나서는 길, 가슴이 뛰는 길을 찾아가는 데 조그만 도움이 되었으면 더욱 좋겠다.

이 글들은 앞선 성인들이 이미 말한 내용을 나의 언어로 풀어낸 것임을 미리 밝혀둔다.

사랑하는 이들에게 이 글을 드리고 싶다.

2022. 05. 27.

저자 知雲 서해원

차례

제1장 행복한 삶

제2장 삶이 힘든 상황

제3장 지혜로운 삶

제4장 어떻게 살 것인가?

제5장 나를 찾아가는 길

행복한 삶

행복

진정한 행복은
어떤 조건이나 상태,
밖의 대상에서 주어지는 것이 아니라
내 마음 안에서 일어난다.

지금 보고, 듣고
만나고 관계하며
일하고 사랑하며
살아가는 가운데

행복은
자신이 스스로 만들어내는 마음의 세계다.

진정으로 행복하기 위해
할 일은 아무것도 없다.
지금 완벽하다.

사실과 생각

사실과 생각을
구분하는 지혜가 필요하다.

사실은
내 앞에 펼쳐지는 상황, 사건, 대상이다.

생각은
내 안에서 일어났다가 사라진다.

사실을
있는 그대로 보고

생각을
자유롭게 바꾸어 쓸 수 있는 것

이것이 바른 지혜다.

자연

자연은
꾸밈이 없고
지어냄도 없다.

의도도 없고
억지도 없고
속임도 없다.

있는 그대로
완전하고
충만하다.

교육

교육의 목적은
일하고 관계하고 사랑하며
사는 법을 배우고 터득하여
자립하고 자주적으로
잘 살아가기 위한 것이다.

교육의 내용은
동서고금을 막론하고
지와 덕과 체다.

교육의 방법은
사랑으로 가르치고
자기주도적으로
물음으로
'스스로' 배우게 하는 것이다.

내 안의 보물

아무리 밖에서
귀한 것을 찾으려 해도
채워지지 않는다.

내 안을 들여다보면
무궁무진한 보물들이
들어있다.

사랑도
행복도
평화도
자유도

모두 다
내 안에 있다.

추한 것의 비밀

사람에게는

추한 것들을 구석진 방에
깊이 감추고 싶은
비밀이 있다.

콤플렉스
그림자
단점
약점
실수

때때로 저절로 흘러나오지만
추한 것은 숨겨진 보물이다.

다만, 원석처럼 가꾸지 않고
다듬지 않았을 뿐이다.

당신의 비밀이
참으로 아름답다.

아름다운 사랑

사랑한다는 것은

기쁘고 만족하고
행복하게 사는 모습을
그냥 있는 모습을
그대로 온전히
바라보며 좋아할 일이다.

사랑한다는 것은

소유하고 구속하고
통제하는 것이 아니라
상대의 자유를 존중하고
상대방에게 자유를 주는 것이다.

사랑한다는 것은

맑고 밝은 순수 감각으로
진심으로 함께 교감하는 것이다.
그런 가운데 아름다운 사랑의 꽃이 피어난다.

자존의 가치

사람은
칭찬받는 것을 좋아해
온통 칭찬에 관심을 가지고 산다.

칭찬으로
행동이 변하고,
습관이 형성된다.

칭찬에 일희(一喜)하고,
비난에 일비(一悲)할 필요 없다.

칭찬과 비난은
하는 자의 몫이고

나 홀로
스스로 높고
존귀하다.

절정 경험

힘을 다해
정성을 다해
마음을 다해

전적으로 몰입할 때
절정 경험을 한다.

오로지
순간순간 몰입해
일하고
사람을 만나고
사랑할 때

'나'가 사라지는
절정 경험을 한다.

이때
하는 것들이
빛이 난다.
아름다움이 피어난다.

이해

동이 트면
어둠이 사라지듯

무지에서 벗어나
이해의 세계로 넘어가면

변화가 일어난다.
성장하게 된다.
화합하게 된다.
자기를 넘어서게 된다.

부자

물과 공기
햇빛과 바람은

무한대로
거저
사용할 수 있다.

과일, 채소, 곡식은
조그만 노력으로도
값싸게
얻을 수 있는 선물이다.

살아가는 데 필요한 것들이
가질 수 없을 만큼 많으니

우리 모두
분명 부자다.

결혼

부모를 닮거나
머릿속에서 자리 잡은
첫사랑 연인과 비슷한
이미지를 가진 이성을 만나면

가슴이 뛰고
설레고
함께 있고 싶어
결혼한다.

상대를 닮은
자녀를 낳고 싶어
부모가 되며
'나'를 잃는 절정 경험을 한다.

있는 그대로 보고
상대성을 배우려 하고
생각의 차이를
이해하고 존중하며

익숙한 부모 둥지를 떠나서
둘만의 가정으로 독립하고

사랑 욕구
성장 욕구를
서로 존중하며

상호 아껴주고
감사하며 살아갈 때

결혼 생활의 행복은
두 사람이
만들어내는 창조물이다.

지금 살기

어떤 생각에 붙잡혀
꼬리를 물면

일도
공부도
사랑도
제대로 하지 못한다.

그 생각이
나를 잡고 꼼작 못하게 한다.

그 생각을
벗어나서

오로지
지금
할 수 있는 일만
하면 된다.

세상의 신비

땅에서 새싹이 돋고
나무에서 꽃이 피고
하늘에 새가 날며

시냇물이 흐르고
숲이 우거지고
들판에 곡식이 자라고

건물들이 우뚝 솟아 있고
자동차가 지나가고
사람들이 걸어가고 있는 풍경들

모두가
신비요
기적이다.

그중에 제일의 신비는
내가 지금 살아 있다는 것이다.

소소한 기쁨들

산에 오르면서
땀 흘리는 기쁨
새소리 듣는 기쁨
꽃과 나무를 보는 기쁨
바람 스치는 기쁨

올라가는 도정에서
만나는 수많은 기쁨들……

이게 삶이다.

얻어지는 성취보다
하루하루 삶 속에서
느끼는 소소한 기쁨들이
삶의 보배들이다.

남의 평가

남이 하는 평가는
나에 대한 사실보다
나에 대한 그의 생각이 대부분이다.

남이 하는 평가는
그의 가치관이나 신념, 관점, 생각이 반영된 것뿐이다.

남이 어떠한 평가를 하더라도
나는 달라지지 않는다.
남이 멋지다고 한다고 내가 멋져질 리 없다.

세상에서 누가 뭐라고 하든지
나는 변함없이 유일무이한 소중한 존재다.

남의 평가에 흔들리는 것은
나의 주체성이 부족하기 때문이다.

나의 삶은 내가 주인이다.

진정한 자유

누구도
무엇도
내 자유를 막을 수 없다.

다만,
내 생각으로 인해

자유를
모두 빼앗겨 버릴 뿐이다.

가슴 뛰는 삶

가슴 뛰는 삶은

제대로 모양과 색깔을 보고
제대로 소리를 듣고
제대로 향기를 맡고
제대로 맛을 보고
제대로 촉감을 느끼고

신나게 움직이고
사랑하며

하고 싶은 것을 하며
나의 소질과 재능을 표현하며

나를 찾아가는 것이다.

마음의 요술

누군가를 좋아하고
무엇인가를 좋아함은
마음의 작용이다.

바깥 대상은
그냥 있는데
마음이 움직이고 있다.

대상과 관계없이
상대와 관계없이
마음이 요술을 부리고 있다.

몰입의 순간

몰입하는 순간은
하고자 하는 일 외에
모든 것이 사라져 버리고

한 가지에 집중하여
열정을 쏟아내는 순간이며
강렬한 에너지가 솟구치고

대상과 혼연일체
합일의 상태가 되어
순수 절정 상태의 순간이다.

성 에너지 표현

꽃이 피고
새가 노래하고
매미가 소리 지르며
닭이 바삐 움직이며
사람이 이성을 좋아하는 것은
바로 성 에너지 표현들이다.

성 에너지는
사랑 에너지로 변하여
생명을 잉태하게 한다.

생명은
신비하고
아름답다.

음과 양

남녀의 만남
동서양의 만남

만남에서
갈등이 일어나고
변화가 일어나고
창조가 일어난다.

음과 양이 만나
꽃이 피고
생명이 태어난다.

울림과 아름다움

처절한 아픔과
진실한 고백과
통곡의 눈물과
치솟는 분노에는
울림이 있다.

순수한 감정과
몰입의 행동과
표현한 예술과
진솔한 삶에는
아름다움이 있다.

자연처럼

구름처럼
머물지 않고

물처럼
차별 없고

산처럼
침묵하며

땅처럼
생명을 키우고

하늘처럼
늘 그대로 변함없이

자연처럼
있는 그대로

사람도
자연처럼

감사

햇빛, 공기, 물
자연에 대해
감사하고

팔, 다리, 입, 눈, 코, 귀
신체에 대해
감사하고

부모, 형제자매
가족이 살아 있음에
감사하고

편히 쉴 수 있는 집
허기를 채울 수 있는 음식
따뜻하게 입는 옷이 있음은
충분히 감사할 만한 일이다.

관계 속의 삶

시간과 장소에 맞게
상황과 분위기에 어울리게
내 욕구를 알아차리고
상대 욕구를 존중하며

때로는 가까이
때로는 멀리
적당한 거리에서
함께 어울리며

관계하는 속에
내 삶이 풍성해진다.

좋은 말

평화
자유

생명
자연

진실
사랑

진리
광명

행복
기쁨

이 말들은 무한 에너지가
흘러나오는
좋은 말들이다.

정치

정치는
권력을 사용하여
국민을 안전하게 보호하고
국민 상호 이익을 조정하고
인간다운 삶을 살 수 있도록
나라를 다스리는 일이다.

정치 지도자는
공적으로 일을 처리하고
전체의 관점에서
조화와 균형을 이루도록 하고
각 분야 전문가가 역량을 발휘하여
국민 모두가 자유롭고 풍요롭게 살도록
시스템을 만드는 일이다.

훌륭한 정치가는
권력이란 커다란 에너지로
국민이 잘살 수 있도록
진정으로 깊이 사랑하는 사람이다.

국제 관계

국제 관계는
사람 관계에서 감정을 다루듯
다루어야 한다.

사람과의 관계에서
한 번 상한 감정은
쉽게 회복하기 어렵듯이

국제 관계에서
감정으로 한 번 어그러진 사이는
쉽게 회복하기 어렵다.

두 나라 사이
국제 관계도
감정이 작용하는
사람 관계와 같다.

틈새의 부가가치

모든 것들에게 틈새가 있다.

숨과 숨 사이
자극과 응답 사이
세포와 세포 사이
영역과 영역 사이
사람과 사람 사이
나라와 나라 사이

사이와 사이를
잘 연결하는 inter의 지혜가
부가가치가 높은
초연결 사회의 틈새 전략이다.

이상 세계

이상 세계는
꿈꾸는 세계요.

내 생각 안에 있는 세계요
내가 만들어가고 싶은 세계요
내가 실현하고 싶은 욕망이 투사된 세계다.

이상 세계는
밖에 있지도 않고,
내 생각 안에 있다.

미래가 아닌
지금 여기에서
이상 세계인 것처럼
하고 싶은 일을 하며 살면
지금이 바로 이상 세계다.

선진국

원칙과 이치에 합당하고
공평하고 투명하며
약자를 앞세우고 보호하며
차별이 없으며

의식주를 비롯하여
사회 안전망을 갖추고
국민 의식 수준을 높이며

각자 하는 일에 역량을
마음껏 발휘하게 하며

서로 사랑하고
기쁘고 행복하며

자유롭고
평화로운 나라가

누구나 살고 싶은
선진국이다.

고향

어린 시절 추억이 깃들어 있고
수많은 이야기가 스며 있고

산과 들, 온 동네 모습이
머릿속에 영상으로 남아
끊임없이 감정이 솟아나는
고향은

봄, 여름, 가을, 겨울
철 따라
갖가지 풍경들에 대한
기억이 일렁이고
정겨운 사람 얼굴들이
아련하게 떠오르고

삶이 어려울 때
마음 따뜻하게 위로가 되며

항상 그리워
귀거래하고 싶어 하며
수구초심 하는 곳이다.

참다운 지도자

참다운 지도자는

지배하려 하지 않고
투명하고 공정하며
의견을 모아
합리적 판단을 하며

편견과 선입견 없이
극단에 치우치지 않고
중용을 지키며

개인과 전체를 소중하게
균형과 조화를 중시하며

안전과 평화를 유지하고
구성원 복지에 힘쓰며
새로운 문화를 창조하며

결정한 것에 대해
책임을 진다.

하고 싶은 대로

서툴러도
잘 몰라도

하고 싶은 대로
내 느낌 대로
해보면서
살다 보면

가슴이 뛰고
신명이 난다.

어머니

사랑으로 키우고
좋은 것 다 주고
그리고 곁에서 떠나보낸 후

더 주지 못한 아쉬움
보고 싶은 그리움
크고 작은 염려로
마음 한번 편히 놓아 보지 못하는

어머니는

생명의 근원이고
사랑의 화신이며
습관의 모태이고
삶의 원동력이다.

인간의 욕구

사람에게는
다양한 욕구가 있다.

생명 욕구
감각 욕구
사랑 욕구
인정 욕구
소유 욕구
관계 욕구
자존 욕구
앎의 욕구
성취 욕구

나도 너도
우리 모두
욕구를 채우려고
열심히 산다.

행복의 언어

행복한 순간에 사용하는 언어가 있다.

좋다.
즐겁다.
설렌다.
기쁘다.
날아갈 것 같다.

감동이다.
고맙다.
사랑한다.
행복하다.
평화롭다.

지금, 이 순간 내 느낌의 언어는 무엇인가?

감정 표현

억울하고
밉고
두렵고
화나고
짜증이 날 때

지나치게 참게 되면
병이 되거나

어느 순간
작은 도화선에
화산처럼 폭발한다.

그러나 자신의 감정을
충분히 알아주고 이해하며
잘 표출하면
바람처럼 사라진다.

감정은 자신이 만들어 낸 것이다.

문제 해결

구구한 설명은
문제의 답이 아니다.

답은
단순하고 간결하다.

군더더기 없이
욕심 버리고
생각 내려놓고
상대 말을 잘 듣고
사실을 사실대로 보면
답이 보인다.

답이 나오지 않을 때는
욕심이란 생각이
가로막고 있기 때문이다.

명쾌한 답은
현장과 사실과 행동에 있다.

제2장

삶이 힘든 상황

삶이 힘들 때

삶이
무겁고
갈등이 생기고
힘들고 어려우면

과거 잘잘못에 대해 인정하고
현재 상황을 있는 그대로 수용하며

원리원칙대로
순리대로
욕심 없이

지금 할 수 있는 것만 하면
서서히 문제가
풀리게 된다.

시련

태풍은
세상을 조율한다.

온갖
먼지를 날려 보내고
땅을 씻어내고
부수며
온갖 것을 날려 버린다.

태풍이 다 지나간 자리에
폐허와
청정과
고요만이 남지만

태풍은
그냥
왔다가 사라졌을 뿐이다.

시련도 이와 같다.

나에게 닥치는

시련도

몸과 마음을

그냥

조율하고 사라진다.

오해

오해는
미움을 낳고
화를 낳고
괴로움을 낳는다.

생각을 점검하고
사실을 확인하고
진실을 알아보고

추측과
망상에서 벗어나
내 관점을 버릴 때

비로소
오해가 풀리고
이해가 된다.

분노

분노는
외부 대상에 있는 게 아니라
마음속에 있다.

'내가 옳고, 상대는 옳지 않다.'는 굳센 믿음,
기대와 욕구대로 이루어지지 않아
화가 나는 것이다.

분노는
내 감정이고
나의 영역이고
내 탓이다.

상황이나
상대 탓이 아니다.

분노는
내가 선택한 것이어서
내가 달리 선택해야 사라진다.

일이 잘 안 풀릴 때

일이
잘 안 풀릴 때

상황을 잘 살피고
원칙을 잘 살피고
관계를 잘 살피고

마음을 잘 살피고
행동을 잘 살피고

처음처럼
다시 하게 되면

분명
달라질 것이다.

상황과 선택

상황을
싫어서 피하거나
목숨 바쳐 바꾸거나
전적으로 수용해야 하는 경우가 있다.

상황은
내가 어찌할 수 없는 영역이고
선택은
내가 결정할 수 있는 영역이다

상황과
선택의 만남
그것이 내가 경험하는 삶의 세계다.

편견

자신이 경험한 것을 바탕으로
사실을 사실대로 보지 못하고
사실을 왜곡하여 해석하고

자신이 잘못 해석한 것으로 인해
편견이 생겨난다.

제대로 진실을 보지 못하고
드디어 색안경을 쓰고 세상을 보게 된다.

편견에 사로잡힌 자는
자신이 본 것이 진실이고
자신만이 옳다고 하는 생각을 바꿀 수가 없다.
그래서 편견은 무지보다 더 나쁘다.

자신이 색안경을 쓰고 있다는 사실을 알지 못하니
편견에서 벗어나기는 참으로 어렵다.

그대는 어떤 색안경을 쓰고
어떤 편견에 사로잡혀 있는가?

착각

의견과
주장과
비교와
분별과
판단과
평가는

모두 생각이다.

생각은
사실이 아닌데

생각을
사실인 것처럼
혼돈하고

생각을
절대불변의 것으로 옳은 것처럼
주장하며

생각이 나인 것처럼

동일시하며 착각하며 산다.

감정 명상하기

두려움, 슬픔, 부끄러움
화나는 감정들에 붙잡혀

스트레스받으며
고통을 받는다.

일어나는 감정을
깊이 살피며 명상하면

두려움 끝에 안도감이 있고
슬픔 끝에 기쁨이 있다.

부끄러움 끝에 자랑스러움이 있고
싫음 끝에 좋음이 있다.

화남 끝에 희열이 있고
미움 끝에 사랑이 있다.

기쁨(喜), 성남(怒), 슬픔(哀), 즐거움(樂),
사랑(愛), 미움(惡), 싫음(慾) 감정 등은
잠깐 나타났다 사라지는 무지개다.

확신

소중한 것을
잃을까 두려워
의심하고

의심을 넘어
어느 순간
부분적 지식으로 인해
드디어
의심이 확고한 믿음으로 바뀐다.

마침내 확신하게 되면
요지부동이다.

유연성이 없어
수용이 안 되고
변화가 어렵고
소통이 안 되어
타인과의 관계가 어렵다.

확신은

의심보다 더

때로는 삶을 힘들게 한다.

집착

아프리카 원주민은
원숭이를 잡을 때
바나나를 자루에 넣고
손이 들어갈 정도의 주둥이만 열어두고
나무에 자루를 묶어 놓으면
원숭이가 바나나를 잡아
쥔 손을 펴지 않기 때문에
손쉽게 원숭이를 잡을 수 있다고 한다.

이같이 소유에 대한
집착하는 마음이
자유를 억압하게 되고
고통을 자초하게 된다.

자신이 좋아하는 것을
욕심으로 집착하는 한

더 좋은 것을 만날 수 없고
풍요롭고 다양한 삶을
맛보며 살아갈 수가 없다.

사랑과 용서

구름이 없으면
푸른 하늘이 보이고
흙탕물이 흙이 가라앉으면
맑은 물이 되듯

사랑하면
두려움과 폭력이 사라지고
용서하면
미움과 갈등이 사라진다.

사랑은 진실함과 진지함에서
용서는 이해와 포용에서 이루어진다.

내적 갈등

이렇게 할까?
저렇게 할까?

내적 갈등이 일어날 때
어느 것을 선택해도 무방하다.

오래 고민하며
고통 속에 있기보다

바로 결정하여
직접 행동하면
갈등에서 벗어나게 된다.

내적 갈등이 일어나는 이유는
욕심, 무지, 두려움 때문이다.

선택하면 사라진다.
행동하면 모두 사라진다.

피해망상

피해망상은
과거 상처로 인한 '마음의 병'으로
어린 시절 사랑의 결핍이나
억울한 피해 경험에서 비롯한다.

마음속 깊이 잠재된 피해 의식으로
과거 억울하게 피해 보았던 상황과
조금만 비슷해도
자신을 해칠 것 같은 불안
두려움과 공포에 빠지고
남을 공격하는 말과 행동으로 표출하기도 한다.

사람들의 일상적인 대화를
자신에 대한 비난으로 받아들이기도 한다.

그 잘못된 생각을 자각하고 인정하는 게
치료의 시작이며
삶을 바꿀 수 있는 전환점이 된다.

어느 누구도 자신을 해치지 않는다는
자기 암시 훈련이 필요하다.

이혼

상대방을
비난하고
비평하고
불평불만하고
무시하고
지적하고
탓한다.

상대방의 생각은 틀리고
'내' 생각이 오로지 옳다.

이혼하자고 하는 것은
헤어지고 싶은 게 아니라

자기 생각을 알아주고
자기 욕구를 채워 달라고
애원하는 것이다.

어린 시절 상처가 덧난 것은 아닌지
내 생각을 고집하는 것은 아닌지

상대를 무시하고 비난하는 것은 아닌지
성찰해 볼 일이다.

그러함에도
이혼하고 싶다면

서로를 더 없이
감사하고 존중할 일이다.

그래야만
자녀도 잘되고
서로 새 출발을 잘할 수 있다.

우울

우울은
원하는 욕구가 좌절되고
타인을 향한 분노가 분출되지 못하고

상황에 대해 해결 방법이 없다고 해석하며
모든 것에 의미가 없다고 생각하고
자기 자신을 무가치하게 여기며
자신을 부정하고 공격하게 한다.

우울은
본인의 생각에서 비롯하니
결국 본인이 선택한 것이다.

감기약 먹듯이 치료약을 먹고
땀 흘리고
햇볕 쬐며 산책하다 보면

긍정적으로 변하고
희망이 생기며
의미를 되찾고
서서히 우울에서 스스로 벗어날 수 있다.

가난

동물은
그날그날 살아갈 뿐이나

인간은
재산을 축적하며
내일을 위해 산다.

욕심 없이
간소하고 검소하며
삶의 본질에 충실하게 사는 사람은

먹을 음식, 입을 옷, 거처가
언제나 충분하다고 여기고 만족해한다.

그러나 사람들은
미래에 대한 염려와
지나친 욕심으로
부족하고 가난하다고 여긴다.

콤플렉스

학벌이 나쁘다.
학벌 콤플렉스

얼굴이 못생겼다.
외모 콤플렉스

열등감은
남과 비교하는 데서 생겨
자신감을 잃게 하고 위축되게 하고
숨기고 감추고 포장하려 하며
콤플렉스로 발전한다.

또한, 타인의 부정적 평가로
나에 대한 열등감이 생기면
벗어나기 위해 평생 애를 쓴다.

열등감은 열등하다는 내 생각이지
진짜 사실이 아니다.

콤플렉스를 벗어나는 일은
자신을 자유롭게 하는 일이다.

애별(愛別)의 고통

사랑하는 사람과
함께 했던 시간 중에

추억이 남아 있고
언약이 남아 있고
고마움이 남아 있고
미안함이 남아 있어

사랑하는 이를
떠나보내는 사람은

사무치는 감정을 안은 채
사랑했던 깊이만큼
고통을 감내해야 한다.

의무감

법적 의무
도덕적 의무
윤리와 규범
인간으로 해야 할 도리
'~해야 한다.'라는 것들은
자유를 억압하는 굴레들이다.

원래
지켜야 할 의무는 없다.
모두 국가, 사회, 가정, 개인이 필요로 만든 것일 뿐이다.

의무감은
사람에게
행동을 제약하고
중압감이 된다.

왜 의무를 지워 주는가?

반복하는 말

누구나
반복해서 말하는 게 있다.

그 말을
들어 주지 않으면
자기를 무시하는 것으로 여겨
화를 내는 것이다.

반복하는 말속에는
말하는 이의
강한 욕구가 담겨 있다.

상대방이
반복해서 말하면

진정으로
귀담아 들어주는 것이
상대를 이해하는 첫걸음이다.

욕심^(慾心)

욕심(慾心)은
노력보다, 실력보다, 현재 내 처지보다
더 많은 것을 가지고 싶은 마음이다.

성취되지 않으면 화가 나고
채워지지 않으면 불행하고
지금보다 더 큰 것을 바라고
앞서는 사람과 다투며

온갖 욕심(慾心)으로
행복을 추구하면
몸이 고통스럽고
마음이 괴로우며
오히려 더 불행해진다.

욕심(慾心)을 조금만 버리고
주어지는 것들과
노력에 대한 정당한 결과에 만족하며

함께 어울려

순리대로 자연스럽게 살면

오히려 더 삶이 행복해진다.

비만 벗어나기

비만은
몸 안으로 들어오는 에너지가
몸 밖으로 나가는 것보다 많아서 생긴다.

체중 줄이는 것은 간단하다.
몸 안에 들여보내는 에너지양을 줄이고
몸 밖으로 내보내는 에너지양을 늘리며
두 가지 방법으로 체중을 줄일 수 있다.

비만을 벗어나지 못하는 이유는
먹는 에너지양을 줄이기도 싫고
활동 에너지양을 늘리기도 싫기 때문이다.

두려움

내 몸이 죽고
내 명예가 실추되고
내 재산이 사라지고
내 자존심이 무너지고
내 주변의 사람이 떠나는 것들에 대한
두려움이 매우 크다.

그리하여 사람들은
목숨과 재물과 권력과 지식과
주변 사람에 대해 집착한다.

죽음의 문제가
해결될 때
두려움이 사라진다.

살아 있는 것은
반드시 죽는다.

몸이 죽는다는 것은
몸이 변한다는 의미다.

무거운 짐

사람들은

소유, 명성, 성공,
의무, 책임, 역할이란
너무나 많은 짐을

가슴에 안고
어깨에 메고
머리에 이고
등에 지고 살아간다.

수많은 짐으로
버거워하며
힘들어한다.

짐을 벗어 던지면
자유로울 텐데….

생각대로 되지 않을 때

생각은
과거에서 만들어진 것이고
삶은
지금 일어나는 것이니

삶은
생각대로 되지 않는다.

생각대로 되지 않을 때
그 생각을 내려놓고

지금
삶을 살면 된다.

불안

불안은
위험이 닥칠 것이라는
감정 상태로
몸과 행동을 위축시킨다.

호흡이 빨라지고
몸이 떨리고
긴장되며
안절부절못하고
혼란 상태에 빠진다.

어릴 때
엄마가 떠날 것이란
불안이 있었지만 떠나지 않았다.

불안이 찾아오면
조용히 맞이하여
함께 호흡하면서
불안의 실상을 파악하면

이윽고 요동치던 마음에
안정과 평안함이 찾아오고

불안으로 위축되었던
엄청난 에너지가 변하여
창조적으로 일을 할 수 있게 된다.

사랑하는 이와의 이별

사랑하는 이와 이별은
참을 수 없는 고통이 따르고
의존한 만큼
더욱 더 큰 외로움과 상실감에 빠지게 한다.

미래가 막막하고 암담하며
삶의 의미조차 사라지는 듯하다.

그러나
그는 그고
나는 나다.

사랑하는 이는
그의 삶을 살다 간 것이었고
그와 별개로 나는
내 삶을 살아가는 것이다.

다시 텅 빈 공간에
내 삶이 새롭게 펼쳐진다.

감정의 응어리

불쾌하고
불편하고
억울한
감정의 응어리는

풀어질 때까지
끊임없이 반복해서 표현한다.

그때
그 상황은 상대방이 만들어낸 사실이고
그때
그 감정은 내가 선택한 감정이라서

그때 그 상황은
과거 일이라 어찌할 수 없고
현재 감정은 내가 다르게 선택할 수 있는
자유와 힘이 있으니

자신이
감정의 응어리를 풀어내고

견고했던 관념을 깨뜨려야

그 감정에서 벗어나고
마음의 평정이 찾아온다.

감정의 응어리는
내 마음에서
내가 빚어낸 상처이고
전도된 몽상이다.

내 몫이다.

불평에서 벗어나는 길

사건이 일어날 원인과 조건은
수천수만 가지인데,
그중에 몇 가지를 가지고
따지며 불평한다.

상황은
내가 어찌할 수 없다.

진짜
어떤 일이 일어난 원인은
내가 태어났기 때문이다.
아니다. 어머니가 태어났기 때문이다.
아니다. 할머니가 태어났기 때문이다……

상대방이나
상황을 탓하기보다
원인이나 이유를 따지기보다

내 생각을 바꾸어
직접 행동을 하는 것이 더 낫다.

상황과 책임

사람은
어려움을 당하면
원인을 외부에서 찾아
책임을 회피하려 한다.

외부 상황이나 조건에
이유나 핑계를 대고
책임지지 않으려 한다.

자신이 선택한 것은
자신이 책임을 져야
삶이 풍성해지고 커진다.

외부 상황과
자신의 책임을 구분하는
지혜가 필요하다.

멈추기

방향을 바꾸거나
변화하고 싶으면

하던 일 멈추고
하던 습관 멈추고
하던 관계 멈추고
자신을 돌아본다.

중독의 길
습관의 길
잘못된 길
나만이 멈출 수 있다.

멈춤은
변화를 위한 준비며
방향 전환의 시작점이다.

새롭게 시작하면
새 삶이 시작된다.

꿈

꿈은
현재 소망하고 있는 일,
고민, 걱정이 형상화되고

과거 경험의 소재들이
무작위로 활용되어
엉키어 나타난다.

자신의 잘못을
합리화하고
내재한 욕망 등이
투사되어 나타나기도 한다.

무의식의 파편들로 인해
억압된 감정이 나타나
무의식을 조율하고
정화하는 구실을 한다.

꿈은
현실에서 감추어진 비밀의 쓰레기를

잠을 자면서 버리는 작업이다.

꿈은
빛을 보지 못한
어두운 내 삶의 모습들이다.

지배하고 싶은 마음

남을 지배하려는 자는
남을 통제하고
자기 생각을 강요하며
우월함을 나타내려 한다.

어린 시절 충분한 사랑
사춘기 시절 돈독한 우정
사회생활에서 충분한 인정으로
자존감이 잘 형성되면

열등감이 사라지고
우월감도 줄어들어
지배하려는 마음도 사라지게 된다.

스스로 만족하고
자신을 내세워
잘 보이려는 욕심을 버리고
사랑하는 마음을 가지면

남을 지배하고 싶은
마음도 사라진다.

믿음

믿음은
앎과 다르다.

앎은 경험에서 오지만
믿음은 생각에서 온다.

용은 있다고 추측해서
지식으로 믿는 것이고

새는 있는 것을 보고
경험으로 아는 것이다.

믿음은
모르기에 믿게 되고

개인의 생각이 다르기에
믿음도 각각 다를 수밖에 없다.

믿음은
옳고 그름을 따질 문제가 아니라.
서로 존중해 주어야 할 문제다.

죽음

몸이 멎는다.
피가 멎는다.
열이 식는다.
숨이 멎는다.

생각이 멎는다.
느낌이 멎는다.
관계가 멈춘다.

형상이 변한다.

몸이 죽는다는 것은
지수화풍으로 변하는 것이다.

장자의 빈 배

장자가 말했다.
"사람이 없는 빈 배일 때 부딪치면
아무 말을 하지 않지만
사람이 타고 있는 배에 부딪히면
소리를 지르고 욕을 한다."

자신을 내세우지 않으면
다툴 일 없는데,
자기 생각을 내세우기 때문에
다투게 된다.

생각은 더 좋게
수없이 변할 수 있기에
붙잡고 고집할 이유가 없다.

빈 배와 같이
생각을 내려놓으면
다툴 일이 없다.

고통

고통은

몸과 마음의
불균형 상태
잘못된 상태를
조율하기 위한 신호며 장치다.

자기 관점
확고한 신념
의무감
욕심과 집착
자신 생각으로 지어낸 규정과 법칙 속에
갇혀 있는 한
고통에서 벗어날 수 없다.

고통을 성찰하여
생각을 바꾸면
고통이 사라지고
몸과 마음이 평안해진다.

고통은 자기가 스스로 지어냈으니
자기만이 스스로 없앨 수 있다.

중독

중독은
결정적으로 좋았던 쾌감 경험을
똑같이 느끼고자
반복하는 행동으로
습관으로 고착되어
스스로 통제하기가 쉽지 않다.

어린 시절 결핍되었던 사랑의 대체물을
찾아 헤매는 것이 중독의 기저다.

욕구는 채워지지 않고
갈애만이 끊임없이 일어난다.

중독에서 빠져나오려고 하는 순간
스스로 갖가지 핑계와 이유를 대며
쉽게 벗어나지 못한다.

중독에서 벗어나는 길은
그냥 실행해 옮기는 것뿐이다.

사랑이 중독보다 크다.

충분히 사랑하면 중독에서 벗어난다.

애도

가까운 이가
사별한 경우

살아 있을 때와
다른 감정이
깊게 일어난다.

슬픔이 증폭되고
조그만 잘못에
죄책감을 느끼고
우울에 빠지기도 하고
후회도 많이 하게 된다.

사별한 이에 대한
다양한 감정들이

충분한 애도로
정화하지 못한다면

산 자와 죽은 자가
제대로 이별하지 못한다.

실수의 은총

실수의 순간은
반전할 기회가 된다.

모르고 잘못해서
실수하게 되었지만

모른다는 사실
잘못한 사실을 알게 되는 것만으로

그릇된 신념,
왜곡과 오해,
확신과 자만에서 벗어날 수 있게 된다.

실수로 인해
충격받고
자각하고
새로운 방법을 시도한다면

분명 변화가 일어나고
성장하게 된다.
그때 비로소 실수는 은총이 된다.

핑계와 변명

핑계와 변명의
밑바탕에는 두려움이 있다.

두려움 때문에
자신을 방어하고
핑계 대고
변명한다.

진실과 직면하면
두려움에서 벗어나
오히려
해결의 실마리를 찾게 된다.

핑계를 대는 자
변명하는 자
그를 가엾게 여기고
넓게 수용하고 사랑한다면
그에게 변화가 찾아올 것이다.

자신이 알기 때문이다.

인정 욕구

사람은
남에게 인정받고
잘 보이고 싶어

몸치장하고
좋은 차를 타고
큰 집에서 사는 사람들이 많다.

내 삶을 살지 못하고
남의 시선에 맞추느라
온통 내 삶을 낭비한다.

불행

불행은
가난하고
원하는 것을 가지지 못하고
인정과 사랑을 받지 못해서라기보다

상황과 조건을 탓하고
남과 비교하며
부정적으로 생각하고
직접 행동하지 않으며
집착하고
욕심이 많아서 만들어진다.

자신이
생각 속에서
스스로 불행을 지어내고 있다.

사기

사기를 당하면
속아서 무시당한 느낌
어리석고 무지했다는 자책
이용당했다는 생각
신뢰에 대해 배반당했다는 생각으로

감정에 깊은 상처를 받아
관계 회복이 매우 어렵다.

사기는 도둑질당한 것보다 더
감정을 더 상하게 한다.

그래서 사기를 치는 것은
주변에서 외톨이가 되는 지름길이다.

세상을 바라보는 창

톨스토이는
"자기를 극복한 사람만이
남을 비난하지 않는다."라고 했다.

자기를 극복한 사람은
자기 문제를 해결한 사람으로
남의 허물을 너그럽게 봐줄 수 있는 아량이 있다.

비난한다는 것은
자신이 문제를 안고 있다는 의미이기에

비난하는 것은
결국 자기 자신의 문제다.

비난하지 않기 위해서는
자신의 감정과 생각을 먼저 다스려야 할 일이다.

결국
자신의 감정과
자기 생각이
세상을 바라보는 창이 된다.

고정 관념

고정 관념에
빠진 사람은
확신에 찬 생각으로
자신이 만들어 놓은
생각의 성 안에서
스스로 고립해서 살아간다.

소통, 협상이 어렵고
고집을 부리고
유연함이 없어서
변화, 성장, 창조가
잘 이루어지지 않는다.

고정 관념에
빠져 있는 사람은
과거의 삶을
고집해 사는 것이며

캡슐 속에
갇혀 있는 사람이다.

선입견

선입견은

한정된
일부분의 과거 경험을 빌어

색안경을 쓰고
사물을 보는 것 같이
자신이 만들어 놓은
프레임 안에서의 생각이다.

선입견 없이
오로지
지금 보고 듣고 느끼는 것이
제대로 만나며 사는 것이다.

전쟁의 영향

전쟁은
나라 전체에
깊고 커다란 상처가 되어
오래도록 많은 영향을 준다.

전쟁으로 인하여
가족, 친척, 친구, 친지, 동포가
모멸, 멸시, 차별, 폭행, 폭력, 죽임을 당하고
전통, 문화, 재물 등이 파괴된다.

깊은 상처로 인하여
상흔의 감정이
국민들 마음 속에
쉽게 풀어지지 않고
오래도록 이어져

국민성이 형성되고
삶의 문화와 패턴을 만들어 놓는다.

오래된 전쟁사가 오늘의 국제 관계에

깊고도 미묘한 영향을 주고 있다.

일본이 그렇고 중국이 그렇다.

거짓말

거짓말 밑에는
욕심과 욕망이
가득 숨어 담겨 있다.

진실과 다르게
포장하고 과장하고
감추고 속이는 말로
그럴듯하게 설명하려 한다.

거짓말이 거짓말을 낳아
거짓말이 기하급수적으로 늘어나면
거짓 속에 파묻혀 고통스럽게
스트레스를 받으며 살 수밖에 없다.

자기 자신은 알기에
자신은 결코 속일 수 없어
거짓말을 하는 데에는
많은 에너지가 소모되어
일을 제대로 할 수 없게 된다.

그래서 거짓말쟁이는 잘살아가기가 어렵다.

반항하는 아이

아이들에게는
지배 욕구
인정 욕구
사랑 욕구
수많은 욕구가 있다.

반항하는 아이는
욕구 불만으로 가득 차 있다.
채워지지 않는 욕구,
힘을 갖고자 하는 욕구 때문이다.

반항하는 아이를
상대하는 방법은

욕구를 잘 이해하고
욕구를 어떻게 처리해 주느냐에 달려 있다.

어른도
아이와 같다.

짝짝이 구두

어느 날
정신없이 바쁘게 출근하다가
짝짝이 구두를 신었다.

짝짝이 구두를 신었다는
사실을 안 순간
걱정되면서

'오늘 내 짝짝이 구두를 신은 것을
알아보는 사람이 몇 명이나 될까?'
알아보자는 장난스러운 생각이 떠올랐다.

그날 수백 명이 나를 스쳐 지나쳤고
수십 명이 만나서 이야기를 나누었지만
내 짝짝이 구두를 발견한 자는 한 명도 없었다.

누구도 타인의 일에 별로 관심이 없고,
모두 자기 일을 하고 있다는 사실을 알았다.

그날부터

나는 타인의 눈을 별로 의식하지 않고
살아가게 되었다.

할아버지의 유언

구르지예프의 할아버지는
돌아가시며 다음과 같이 유언*했다고 한다.

"누가 너를 욕하거든 꼭 24시간 후에 답을 해라."

구르지예프는 그런 상황이 오면
"저에게 그렇게까지 관심 가져 주셔서 감사합니다.
하루 동안 잘 생각해보고 다시 와서 답변하겠습니다.
할아버지가 그렇게 하라고 유언을 남기셨기 때문입니다."

구르지예프는 상대가 말한 욕을 생각하면 할수록
상대 욕은 욕으로써의 의미가 사라졌다.
상대 말이 옳다고 느끼면 감사하다고 말했고,
상대가 완전히 틀리면 신경을 쓰지 않았고,
찾아갈 필요도 없었다.
서서히 분노는 자신에게서 멀어져서 갔다.

다른 감정도 이처럼 했다고 한다.

상대의 말을 듣고 어떻게 반응할 것인가를 내가 결정하는 것이다.

---

* 오쇼, 손민규 옮김, 『비움』, 430-432쪽.

생각의 절벽

독선과 편견과
확고한 생각이
사람 사이를 갈라놓는 절벽이다.

절벽이 만들어 지면
어떤 방법과 요령도 통하지 않아
어찌할 수 없다.

'내가 옳다'는 생각에 사로잡혀
누구의 말도 귀에 들어오지 않는다.

그러다가 참을 수 없을 정도로
고통을 당하게 될 때

비로소
생각의 절벽이 무너지기 시작한다.

삶이 괴로울 때

삶이 괴로울 때는
우선 내 마음에서 일어나는 욕심을 살펴볼 일이다.

누구로부터 인정과 사랑을 받고 싶은지
무엇을 갖고 싶은지
누구를 이기고 싶은지
무엇을 성취하고 싶은지
어떤 명예를 얻고 싶은지
시기와 질투하는 마음이 있는지
화나서 보복하고 싶은 마음이 있는지
무엇을 오해하고 있는지

성찰하다 보면
때로는
삶의 괴로움에서 벗어나
미안함이 일어나고
감사함이 떠오르고
삶의 문제가 해결되어
마음의 평화가 찾아온다.

갈등 해결

상대방이
내 생각대로 말을 듣지 않고
내 생각과 다르게 행동하고

내 욕구대로
따라주지 않기에
상대가 마음에 들지 않는다.

상대를
변하게 하고 싶은데

상대방은
바꿀 마음도 없고
바꿀 시도조차 하지 않으니
화가 나고
갈등이 깊어진다.

내가 먼저
욕구를 내려놓고
생각을 바꾸고

내가 변하면

갈등이 사라진다.

죽음의 공포

죽음에 대한 공포가
너무 커서
죽음을 회피하고
외면한다.

죽음을
제대로 이해하고
극복해야만
죽음에 대한
공포가 사라지고

용기가 생기고
자신감이 생기고
감각이 살아나고
위축된 삶에서 벗어나
새로운 삶이 전개된다.

생명이 있는 곳에
죽음은 항상 같이 있다.

살아 있다는 것은

한편으로는 죽어가고 있다는 것이다.

부정적인 생각

부정적으로 생각이
일어날 때는

자신의 감정을
살피는 게 먼저 할 일이다.

채워지지 않은
자신의 욕구를 투사하고 있는지
자신의 약점을
타인에게 전가하려는 것은 아닌지
자신이 만든 기준으로
상대를 판단하고 있지 않은지

스스로 성찰하면
부정적인 생각을
자신이 지어내고 있음을 알게 된다.

부정적 생각을 일으키는 자기 자신을 인지하고
먼저 자신을 감싸 안아주는 게 필요하다.

'괜찮아!'

'잘 될 거야!'

제3장

지혜로운 삶

지혜롭게 사는 삶

있는
그대로 보고

말하는
그대로 듣고

있는 그대로
모든 것을 받아들임이

그것이 지혜다.

평가 원리

평가는
사실에 대한 평가와
의견에 대한 평가가 있다.

사실 평가는
사실과 원리에 대한 평가이고

의견 평가는
주장과 근거에 대한 평가다.

사실 평가는
객관적이고, 설명식이고
주로 자연과학 영역에서 이루어지며

의견 평가는
주관적이고, 논술식이고
주로 인문사회 영역에서 이루어진다.

평가는
평가자의 목적과 의도에 맞게 답해야 하는

주종관계이고

주어 서술어 관계다.

마음의 주인

마음은 나의 손님인데
내 주인 행세를 한다.

나의 생각과 감정이
나인 줄 착각하는데
진정 '나'는 아니다.

생각은 견고한 성과 같아서
쉽게 허물어지지 않고

감정은 묻어나는 물감과 같아서
쉽게 사라지지 않는다.

마음의 주인이 되어야 하는데
손님이 그대 삶을 흔들고 있다.

지금, 어떤 손님이 그대를 휘두르고 있는가?

마음대로

금강경에
"응무소주 이생기심(應無所住 而生其心)"이란 말이 있다.

나에게 가장 소중한 것
나를 행복하게 한다고 여기는 것
내 삶의 의미 전부라 생각하는 것을
꼭 잡고 놓지를 못한다.

끝없이
그것들에 집착하며
묶이고 갇혀서

지금을 살지 못한다.

어린이

어린이가
먹고, 놀고. 자며
해맑게 웃는 게
자연을 닮았다.

어른처럼
잡다한 생각이 없고
헛된 지식이 없어

거짓과 위선을 모르고
모방과 꾸밈을 모르며
편견과 신념이 없으며
잘난 체도 하지 않는다.

오로지
맑고, 밝고
순수하다.

어른도 어린이 모습이 보일 때

참으로 아름답다.

참으로 좋다.

자기만의 세계

사람들은
자기만의 세계를
만들어 살아간다.

상상하고
바라는 세계를
생각으로 지어서

그 세계 속에서
희로애락으로 산다.

그래서 생각을 바꾸면
희로애락이 달라진다.
삶이 달라진다.

사랑하는 법

사랑은 개념이 아니다.

지금, 여기에서
상호 접촉할 때 꽃이 핀다.

관념 없이 바라보고
느낌으로 소통할 때
위대한 힘이 발하여
순수 감각이 피어난다.

나가 없고
너가 없이
오로지 사랑이 피어난다.

학문

학문은
물질, 몸, 마음, 영혼, 삶에 대해 배우는 것이다.

물질에 대하여: 물리학, 지질학, 화학…

몸(생명)에 대하여: 생물학, 의학, 환경, 체육, 영양학…

마음에 대하여: 심리학, 문학, 예술, 논리학, 수학…

영혼에 대하여: 철학, 종교학, 신학…

삶(관계)에 대하여: 사회학, 정치학, 경영학, 복지학…

몸과 물질 영역인 자연과학,

마음과 영혼의 영역인 인문학,

삶과 관계 영역인 사회학으로 나눈다.

학문은
궁극적으로 '나'와 '자연'을 알고,

'내'가 어떻게 살아야 하는지를 궁구하는 것이다.

거울

싫은 사람을 피하고 싶어 하지만
잘 만나 보면 보석을 얻을 수 있다.

내가 싫어하는 점이
바로 내가 가지고 있는 약점이다.

마치 냄새나는 물건을 치워야
냄새가 사라지는 이치와 같이

나의 약점을 잘 만나면
그 약점이 빛을 발하여
비로소 발목을 잡던 것이
사라져 버리고 성장하게 된다.

내가 좋아하는 사람은
내 장점을 비추는 거울이고

내가 싫어하는 사람은
내 약점을 비추는 거울로서

모두가 내 삶의 스승들이다.

감정다루기

두려움
부끄러움
화남
슬픔
죄책감 등

부정적 감정이라도
숨기지 않고 드러내

진실로
안아주고
알아주면
사라지게 되고
정화가 일어난다.

산다는 것

산다는 것은

숨 쉬고
먹고
걷고
앉고
서고
눕고
자고

보고
듣고
읽고
생각하고
느끼고
표현하며
일하고
사랑하는 것이다.

물의 가르침

스며드는 물에서
포용과 수용을 배우고

아래로 흐르는 물에서
순리와 겸손을 배우고

잔잔한 호수에서
평화와 행복을 배우고

거센 파도에서
용기와 도전을 배우고

평형을 유지하기 위해 움직이는 물에서
평등과 중용을 배우고

차별 없이 생명 작용을 돕는 물에서
조건 없는 사랑과 자비를 배우고

바다, 땅속, 공중 어디에나 있는 물에서
자유와 비상을 배운다.

돈의 비밀

돈은
사람 욕구의 상징이다.

돈을 벌고자 하면
사람의 욕구를 이해하면 된다.

돈을 벌고 싶으면
사람들이
원하는 의식주
원하는 서비스
원하는 것을
잘 살펴서 제공하면 될 일이다.

욕구를 줄이면
돈도 줄어들고

욕구가 사라지면
돈도 필요 없다.

돈을 벌기에 앞서

가슴 뛰는 것이 무엇인지

자신의 욕구를 살피는 게 더 중요하다.

용서해야 하는 이유

잘못은
무지에서 온다.

안다는 것은
주로 보고 듣는 것에서 오는데
사물의 진면목을 아는 것은 거의 불가하다.
보는 것 듣는 것이 불완전하기 때문이다.

부분 지식
오류 지식
편견과 고정관념
확신은
더 큰 무지다.

내가 무지하듯
남도 무지해서
잘못을 저지르는 것이기에
그것이 바로 용서해야 하는 이유다.

말의 에너지

부정적 말은
부정적 에너지가 되어
사람에게 부정적인 영향을 주고

긍정적 말은
긍정적 에너지가 되어
사람에게 긍정적인 영향을 주며

밖으로 나온 말은
상대방에게서 끝나지 않고

파문처럼 돌고 돌아
세상으로 퍼져나간다.

말은
생각을 담은
에너지라서

사람을 살리기도 하고
상처를 주기도 한다.

기도

소망과 바람
고백과 열망
개인의 욕구가
기도하는 말속에
가득 들어있지만

참된 기도는

맑고 순수함
진리와 사랑
침묵 속에 있다.

사람들은
나름대로

각각 다른 형태로
기도하면서 살아간다.

사랑해야 하는 이유

'세 다리 건너면
모르는 사람이 없다.'고 한다.

한 사람이 중복하지 않고 100명을 안다고 가정하면
한 다리를 건너면 1만(100명X100명) 명
두 다리를 건너면 100만(1만X100명) 명
세 다리를 건너면 1억(100만X 100명) 명
세 다리 건너기 전에 남한 사람 모두 알게 될 수 있다.

인류 모두 같은 피가 흐르고
내 후손들은 더 많은 피가 섞일 것이다.

모르는 사람이라고 함부로 해서는 안 되는 이유다.
모두를 사랑해야 하는 이유다.

그래서 미치 엘봄은 '남은 아직 미처 만나지 못한 가족이다.'라고 했다.

---

* 미치 엘봄(Mitch Albom), 『천국에서 만난 다섯 사람』 중에서

연결망

인간의 신체와
자연의 세계의 연결망을 본 따서 만든
인터넷 연결망이 WWW(World Wide Web)다.

세계 규모의 거미집
network 세계다.

땅바닥은 하나고
물도 하나고
공기도 하나고
하늘도 하나다.

세상은 모두 연결되어 있다.

실행

생각만 하다가
실행하지 않는 것은
실행하기 싫다는 것이다.

중독을 끊겠다고 생각만 하고
실행하지 않는 사람은
중독을 끊고 싶지 않다는 것이다.

정말 하고 싶다면
생각만 하지 말고
곧바로 실행하면 된다.

정말로 진실로 담배 끊고 싶으면
바로 즉시 지금 피우지 않으면 된다.

관점

관점은
경험과 지식을 바탕으로 한
개인적인 고유 생각의 지점이다.

사람들마다
각자 경험과 지식이 다르니
생각이 다르고

생각이 다르니
관점도 다를 수밖에 없다.

생각을 없애면, 관점이 사라지고
관점이 사라지면
모든 것을
차별 없이 수용하게 되고
다툴 일이 없다.

정해 놓은 생각 없이
그냥 보기만 하는 것
무(無) 관점이다.

그러면 제대로 보인다.

무의식의 힘

수많은 경험들이
몸에 쌓이고
무의식이 되어
삶의 기저가 된다.

이미 경험한 것과
비슷한 상황이나 대상들을
만나면

좋고, 싫고,
기쁘고, 슬프고,
화나고, 미워하는 등

과거 경험을 기준으로 형성된
시스템에 의해 자동적으로
다양한 감정들이 일어난다.

샘물처럼 피어나는
생각에 갇히고

물감처럼 묻어 나오는

감정에 휩싸인다.

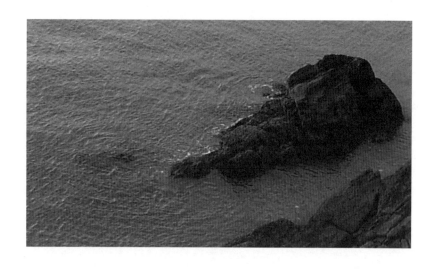

우월의식

우월감은
자기를 내세우려는 욕구에서 나오고
그 밑에는 열등감이 있다.

부족한 것을
감추려고
잘 보이려 하고
드러내려 하고

끊임없이
남의 시선을 의식하며
자랑하려고
칭찬을 받으려고
애를 쓴다.

그러나
진정한 우월함은
비교하지 않으며
자랑하지 않으며

오로지 스스로

홀로 높다.

그림자 만나기

그림자를 감추기 위해
가면 쓰고
거짓말하고
과장하고
숨기려 한다.

자신의
단점이 되는 어두운
그림자*를 정면으로 만날 때
솔직해지고
감동시키며
변화하고
성큼 성장한다.

그림자 크기만큼
두려우나
두려움은 그 크기만큼의
보석이 되어
빛을 발하게 된다.

---

* 그림자: 우리 자신의 일부분인데, 우리가 보지 않거나 이해하는 데 실패한 부분이다.
  로버트 존슨의 『당신의 그림자가 울고 있다』에서

독서

독서는
나를 만나는 길이다.

독서를 통해
좀 더 넓게
좀 더 깊게
좀 더 높게
제대로 나를 알아가고 이해하게 된다.

독서는
'참 나'를 찾아가는 길이다.

학습

예습으로
자기 수준과 위치를 파악하여
모르는 점, 궁금한 점이 무엇인지 알고
알고자 하는 호기심이 생겨서

가르쳐 주는 이의 말을 경청하고
자기가 스스로 탐구해서
모르는 것을 학습하며

배우고
이해한 바를
반복해서 복습하면

완전 학습이 되고
장기 기억이 된다.

배우고 익히는 것이 학습이다.

학습하는 중에 기쁨이 있다.

분별

분별의 기준은
'내가 옳다'라는 생각이다.

'옳고 그름'과
'좋고 나쁨'은 분별 작용이다.

코스모스가 피어 있다.
새가 난다.
사람이 지나간다.
아이가 운다.

분별이 어디에 있는가?

분별은
마음에만 있다.

삶의 세계

사람마다
자신 생각 속에서 산다.

지금 내 생각이
내 삶의 세계다.

생각하는 세계는
경험에서 비롯하니
사람마다 경험이 다르면
생각도 다를 수밖에 없다.

내 생각만이 옳다고 고집하지 않고
다른 생각을 틀렸다고 다투지 않고
타인의 다양한 생각을 이해하고
인정하고 수용한다는 것은

내 생각의 세계를 넓혀서
결국, 내 삶의 영역을 확장하게 된다.

생각과 생각이 만나
삶을 풍성하게 한다.

숨겨진 비화, 신화

신화는
비유와 상징으로
진리를 표현하는 장치다.

신의 이야기로
시공간을 초월한 허구지만
근원적이며 본질적인 삶에 대한
나의 이야기
너의 이야기
우리의 이야기다.

신화는
삶의 이야기
원형의 이야기
숨겨진 비화다.

판단

판단은
나의 의견이지
절대적인 진리가 아니다.

시비, 선악, 미추, 호불호 등
내 생각 수준,
내 지식수준에 따라
판단하는 것일 뿐이다.

판단하는 순간
반은 선택하고
반은 버리는 셈이다.

판단 이전에는
시비, 선악 등이 없다.

의심과 믿음

의심은
생각 속에서
사상누각인 요새를 만들지만

믿음은
흐르는 물처럼
자연스럽게 행동한다.

의심은
수많은 생각을 낳고

믿음은
명쾌한 행동을 낳는다.

의심으로 살면
고통스럽고 괴롭지만

믿음으로 살면
기쁘고 행복하다.

진실

진실은
꾸밈과 의도가 없으니
증명할 필요도 없다.

허위, 과장, 속임에서
벗어나는 순간
자유롭다.

진실은
엄청난 힘이 있고
신뢰와 감동을 준다.

진실은
최고의 삶의 지혜이며
최선의 삶의 방법이다.

직업

힘이 들고
낯설고
월급이 적고
좀 늦더라도

가슴 뛰고
하고 싶고
할 수 있는 일이라면
진정 자신이 가야 할 길이다.

일한다는 것은
나와 타인을 위해
가치를 창조하는 것이다.

앎과 경험

앎은
개념 차원이고

경험은
실재 차원이다.

보고
듣고
느끼고
표현하고
움직이며
경험하는 게
삶이다.

지혜롭게 사는 자

지혜롭게 사는 자는

모르면 묻고
사실대로 보고
경청하며

간결하고
간단하고
진실하게

하루 삶을
충실히 살아가는 사람이다.

참만남

참만남에서는

서로
솔직하고
진실하게
자신의 이야기를 하고
상대의 이야기를 경청한다.

거기에서
가까워지며
참모습을 알게 되고
서로 배움이 일어나고
기쁨과 즐거움을 나누며 느낀다.

예술

예술은
대상에 대한 사람의 시선이다.

예술의 시작은
감정의 토로에서 출발한다.

예술의 가치는
진솔한 감정과
고귀한 생각을

색과 선으로
가락으로
동작으로
언어로

아름답게 표현함으로써
감동을 주는 데 있다.

산다는 것은
모두가 예술이다.

위대한 말들

"모두가 하나에서 비롯했다."(천부경)

"진리를 알지니, 진리가 너희를 자유케 하리라."(성경)

"태초에 말씀이 있었다."(성경)

"無名은 天地之始요, 有名은 萬物之母라."(도덕경)

"오온(五蘊: 色受想行識)이 개공(皆空)이다."(반야심경)

"마음을 붙들지 마라. (응무소주 이생기심: 應無所住 而生其心)"(금강경)

"의필고아(意必固我)를 경계하라."(논어)

"학이시습지(學而時習之)면 불역열호(不亦說乎)아."(논어)

"무지를 아는 것이 곧 앎의 시작이다."(소크라테스)

"사람들은 '유용'한 것의 쓰임은 알지만, '무용'한 것의 쓰임은 모른다."(장자)

"Self로 태어나 Ego 과정을 거쳐 다시 Self로 돌아가는 것이 인생이다."(융)

가질 수 있는 것

가질 수 있는 것은 없다.

물건들은 사용할 뿐이며,
사람들은 관계할 뿐이다.

돈도, 명예도, 권력도,
생각도, 감정도, 지식도
모두 다
입는 옷에 불과하다.

소유하는 것은
한 움큼 물을
손에 쥐려 하는 것과 같다.

지혜로운 이는
꽃을 꺾어 가지려 하지 않고

다만,
때에 맞게
바라보고
기뻐할 따름이다.

조건 내세우면

눈으로는
자외선과 적외선을 보지 못하고
귀로는
고주파, 저주파를 듣지 못한다.

자신이 아는 지식이
모르는 것의 0.0001%도 안 된다.

아파트를 고집하면
아파트에서만 살게 되는 이치와 같이

제 생각으로 만든 한계로
조건을 내세우면
그 조건에 갇혀서
그 삶을 산다.

주관과 객관

보고
들어서
관점이 생긴다.

대상에 대한
나의 관점이
주관이다.

주관은 물론
객관도 모두
사실이 아니다.

관점은 생각 세계요,
대상은 사실 세계다.

산속 홀로 지저귀는 새소리가
아름답다고
시끄럽다고
하는 것은

관점이요,

모두 생각일 뿐이다.

진정한 자유 2

탄생과 죽음
평안과 걱정
평화와 공포
확신과 불신
자유와 구속

동전의 양면과 같이
생각으로 뒤집힌다.

생각이란
온갖 굴레에서
탈피하면

무한 공간과
무시간 속에서
자유롭다.

마음의 눈

경험을 축적하고
기억을 떠올리고
마음을 만들어서

마음이
세상을 바라보는
눈이 된다.

그래서 세상이
굴절되어 보인다.

대신
마음의 눈 없이
세상을 바라보면

있는 그대로의
세상이 보인다.

행위와 사람

어머니가
자식이 저지른 잘못한 죄는 미워해도
자식 자체를 미워하지는 않는 것처럼

행위는 '좋고 나쁨'이 있는
상대적인 가치 영역이고

사람은 '좋고 나쁨'이 없는
절대적인 존재 영역이다.

나쁜 행위는 있을지라도
나쁜 사람은 없다.

육하원칙

사람 사는 일은
육하원칙 속에 있다.

누가(인간)
언제(시간)
어디서(공간)

무엇을(내용)
어떻게(방법)
왜(이유)

위대한 사랑

나는
어머니로부터
조건 없는 사랑을 무한히 받았다.
이게 위대한 사랑이었다.

나는
자연으로부터
무위의 사랑을 말없이 받았다.
그게 위대한 사랑이었다.

나는
그 사랑 덕택으로

조건 없이
사랑하고

무한 사랑 속에서
산다.

지식과 지혜

눈으로 보는
모양과 색의 세상

귀로 듣는
소리와 말의 세상

보고
들어서
아는 지식은

바닷가
한 줌의 모래와 같다.

세상에는
빛과 어둠이 있고
소리와 고요가 있다.

빛과 소리에서
얻는 지식이 있고

어둠과 고요에서
얻는 지혜가 있다.

아버지

딸은
첫 이성 상대로 만나는
아버지상에 의해서
배우자를 찾아가고

아들은
아버지를
동일시 대상으로 여기면서
자신도 모르게 닮아 간다.

아버지에 대한
긍정과 부정
애증, 호불호
다양한 이미지로

심리적으로
때로는 가까이
때로는 멀리하며

삶의 태도 삶의 기술을

자신도 모른 채

은연중에 이어 간다.

제4장

어떻게 살 것인가?

어떻게 살 것인가?

배우고*
일하며

노래하고
춤추며

기뻐하고
사랑하며

순수한 감각을 느끼고
솔직히 감정을 표현하며

하고 싶은 것 하며
스스로 주인이 되어
사는 거지.

---

* 사람은 생존 효율과 삶의 질 향상을 위해 배운다. : 최진석 교수

나의 삶

내 삶은
누구도 대신할 수 없다.

병이 나면
병든 내가 치료받아야 하고

배가 고프면
배고픈 내가 먹어야 한다.

내 삶은
남이 어찌할 수 없다.

의식 변화

생각은 의식에서
감정은 무의식에서

감정이
생각을 지배하는 경우가 많다.

'좋다. 싫다.'의 감정이
'옳다. 그르다.'라는 생각보다
대체로 우선하여 작용한다.

감정을 정화하면
의식이 변하고

의식이 변하면
생각이 변하고

생각이 변하면
행동이 변한다.

연습

잘하기 위해서는
많이 연습해야 한다.

특히 못 하는 부분과
안 되는 부분만을 찾아서

집중적으로
반복해 연습하면

능력이 생기고
결국, 능수능란하게 된다.

공부도 그렇고
운동도 그렇고
예술도 그렇고
기술도 그렇고
관계도 그렇다.

그래서 잘한다는 것은
연습을 많이 했다는 것이다.

생각 바꾸기

새와
나무와
풀들은
불행하다고 생각하지 않는다.

비가 오면 비가 와서 좋고
눈이 오면 눈이 와서 좋고
바람 불면 바람 불어서 좋다.

하나의 생각만 바꾸면
행복해진다.

불행은
내가 선택하는 것이다.

결국, 내 생각 때문에
불행하게 산다.

질문과 대답

질문은 주어이고
대답은 서술어다.

관계한다는 것은
묻고 답하는
주어, 서술어 관계다.

내가 묻고
네가 대답하고
네가 묻고
내가 대답하고….

주어 서술어가
호응하는 게 쉽지 않으니
삶도 쉽지 않다.

'나'는 누구냐?,
'어떻게' 살 것인가?

삶에서 가장 중요한 주어인 두 가지 질문이다.

오늘 만나는 사람

오늘
보는 나무는
어제 본 나무가 아니듯이

오늘
만나는 사람은
십 년 전에 만난 사람이 아니다.

오늘
십 년 전의 '그 사람'이 아닌데도
과거 기억에 입력된 이미지로
그를 만나고 있다.

오늘
만나는 사람을
선입견 없이
고정 관념 없이

호기심으로
설레고 가슴 뛰게 만난다면
제대로 사람을 만나고 사는 것이다.

가면 벗어 버리기

힘이 있고
능력 있고
똑똑한 체
뽐내고 잘 보이려

애쓰는 '나'는
언제나 허기진다.

차라리
가면을 벗어 버리고
솔직하게
내 모습 그대로
살아가는 게

편하고 자유롭다.

삶의 변화

새로운 사람과
새로운 환경과
새로운 지식을 만나

기존 생각과
기존 습관이 바뀌어

신선한 느낌으로
살아간다면

분명
삶이 변화하는 것이다.

전문성

두려움을 극복하고
수치심에서 벗어나
전문성을 갖추고

일에서
놀이에서
관계에서
자유자재할 때

큰 에너지가 뿜어 나오고
짙은 향기가 풍겨 나오고
독특한 아름다움이 피어난다.

관계

사람과 사람 사이에

말이,
정이,
돈이,
물건이,
배려가,
존중하는 마음이

상호 작용을 한다.

역할과 책임감

살아가는 데에는
개인의 역할이 있다.

지위가 높을수록
권한이 많을수록
역할이 클수록
책임도 크다.

책임감은
역할을 잘하겠다는 의지다.

모든 책임을 질 각오가 되어 있는 자는
맡은 역할을 잘할 수 있다.

인간의 위대함은
책임을 다하는 데 있다.

그래서 무한 책임을 지려고 하는
우리 어머니는 위대하다.

해석

똑똑한 체
말하지만

오해를 부르고
왜곡을 잉태한다.

해석은
하나의 관점이고
하나의 시선일 뿐이다.

실재를 보라.
그게 진실이다.

표현 욕구

사람에게는
표현 욕구가 있다.

언어로
노래로
움직임으로
그림으로
몸으로
옷으로
일로…….

자신의 내면에서
표현하고 싶은 욕구를

열정적으로
진실하게 표현할 때

진한 감동과
참다운 아름다움이
예술로 피어난다.

마음의 투사

욕망이
사람마다 세상을 살아가는
삶의 기준이 되고 방향이 되고
원동력이 된다.

사람은
보고 싶은 것을 보고
듣고 싶은 것을 듣는다.

타인을 보고 듣는 것에는
자신의 마음이 투사되어 나타난다.

타인을 판단하고
평가하는 것들은
바로 자신의 마음에서 나오는
가치 기준이 반영된 것이다.

상대의 불의와 탐욕이
티끌만큼이라도 보인다면
자신의 마음에 불의와 탐욕이
들보처럼 들어 있음을 알아차려야 한다.

'틀'로부터 자유

저마다 자신의 틀 속에서
자신만이 '옳다'는 생각으로
살아간다.

틀에 갇혀 버린 자는
'틀' 안에서만 보고
제대로 세상을 볼 수 없어

왜곡하고 오해하고

자기가 알고 있는 부분적이고 불완전한 지식을
전부이고 옳은 것인 양 확신하며

바꾸지도 않고
양보하지도 않으며
확고부동한
자기만의 생각의 '틀'을 가진다.

'틀'은 학습된 것이고
습관화된 것이라서

간혀 있는 '틀'에서
깨어나오는 일은 쉽지 않다.

심한 충격, 중한 질병, 처절한 실패
참을 수 없는 고통을
겪어도 벗어날 수 없으니
이를 어찌하겠는가?

죽을 때까지
끝내 벗어나지 못하는 사람도 있다.

'틀' 밖에는
무한한 자유 세계가 펼쳐있는데도 불구하고……

과거 속에서 살기

경험과 지식을 바탕으로
자기만의 생각으로

자신을
뽐내고
주장하고
소유하고
지배하며
판단하고
분별하고 싶어 한다.

이것은
과거 속에서 사는 것이지
지금을 사는 게 아니다.

감옥

잘해야만 한다.
공부해야만 한다.
착해야 한다.
부지런해야 한다.

성인이 되어 갈수록
수많은 의무라는 감옥들을 만들어 놓고
그 속에서 살아가고 있다.

규범의 틀,
생각의 감옥 속에 갇혀 있는 한
삶이 자유로울 수 없다.

관념을 벗어나고
의무를 벗어나고
신념을 벗어나면

감옥에서 벗어나
자유롭게 살아갈 수 있다.

운명 바꾸기

어찌할 수 없는 것은
어찌해도 소용없다.

어찌할 수 있는 것은
하면 된다.

주어진 상황이나 환경이
어찌할 수 없다면
거부하거나 저항하지 말고
그냥 받아들이고

자신이 할 수 있는 일을
하면 운명이 바뀐다.

실재 만나기

과거 경험에서 생긴
이미지
관념
선입견을 버리고
생각이 끼어들지 않으며

지금
그대가
보고 있는 곳에서
하늘을 나는 새를 보며
볼을 스치며 지나가는 바람을 만나며
직선과 사선으로 내리는 비를 보고
햇살에 비치는 단풍잎을 보고
흩날리며 내리는 눈의 풍광을 보고
아이가 깔깔대고 웃는 모습을 볼 때

그대는
비로소
실재를 만나고 있다.

그대는
신선함
새로움
신비를 만나고 있다.

뒷담화

경쟁심과
과거 상처
질투와 시기심과
지나친 욕심 때문에

남에 대해 뒷담화를 하지만
시원하지 않고
오로지 말하는 자신의 몫으로 되돌아간다.

뒷담화를 하는 것은
때로는 듣는 사람에게
인정받고 싶어서 말하는 것이니

폭우에 흙탕물을 흘려보내듯
한 귀로 듣고,
한 귀로 흘려보내는 게 좋다.

변화

사람은
습관에 따라
똑같이 반복하며 살아간다.

그러나
어디에도 숨을 수 없는 수치심을 느끼고
생명의 위협을 느끼는 두려움을 만나고
사랑하는 이를 잃어 슬픔에 목이 메고
죽이고 싶을 정도로 분노가 하늘로 치솟고
참을 수 없는 고통을 당하고
목숨을 바칠 사랑을 하고
확신에 찬 생각이 어이없이 무너질 때

바로 그때
변화가 시작된다.

이때
새가 알에서 깨어 나오듯
자각하면
참된 변화가 일어난다.

의식이 변화한다.

좋은 책

좋은 책은

어둠에서 밝음으로
무지에서 지혜로
몽매에서 총명으로
무능에서 유능으로
틀 안에서 틀 밖으로
폭력에서 사랑으로
구속에서 자유로

나아가게 하고
'나'를 변화시킨다.

좋은 책은
진리의 이야기로

삶의 진수를 담고

'나'를 찾게 한다.

인식과 상 바꾸기

첫 경험을 할 때마다
사람의 머릿속에
상(象, 이미지)이 생기고
인식이 생겨난다.

그렇게 생긴
상과 인식으로
시비, 호불호를 판단하며 산다.

기존에 형성된
인식과 상을 바꾼다면

신념이 달라지고
집착이 사라지고
시비, 호불호가 달라진다.

미래

죽음이 다가오면,
죽으면 되고

사업이 망하게 되면,
망하면 되고

고통이 주어지면,
고통을 당하면 되고

먹을 것이 없으면,
굶으면 되고

집이 없으면,
아무 데서나 자면 된다.

미래에 이보다
더 나빠질 일은 없다.

지금
아무 문제가 없는데

다가오지 않은 미래에 대한

불필요한 걱정

쓸데없는 염려를 한다.

그것이 문제다.

미래에 일이 닥치면

지금처럼 하고 살면 된다.

지덕체

지에는 독서, 일, 생각하기(머리, 지성, 지혜)
덕에는 봉사, 예술, 느끼기(가슴, 감성, 사랑)
체에는 운동, 음식, 건강하기(배, 체력, 의지)

나는 얼마나 일하는가?
나는 얼마나 사랑하는가?
나는 얼마나 건강한가?

세 가지 중에
무엇을 중심으로 사는가?
무엇이 강하고 무엇이 약한가?

이 세 가지를
어떻게 균형과 조화를 이루며 살고 있는가?

굳이 삶의 영역을 구분하면
지덕체 세 가지다.

눈치

어린 시절에는
엄마 눈치

젊은 시절에는
친구 눈치

학창 시절에는
선생님 눈치

연애 시절에는
이성 눈치

직장 생활에서는
상사 눈치

결혼 후에는
배우자 눈치

늙어서는
자식 눈치를 보며 산다.

죽을 때라야
잘 보이려는
욕심을 내려놓으니

비로소 눈치에서
자유롭고 당당하다.

그런데
지금 남의 눈치를 내려놓으면
내가 내 삶의 주인으로 살게 되지 않을까?

지금 여기

지금 여기는
항상 시작점이다.

과거는 사라지고
미래는 오지 않고
지금 여기만 있다.

지금 여기는
잘못이 없고
실수가 없다.

머뭇거리지 말고
지금 시작하는 거다.

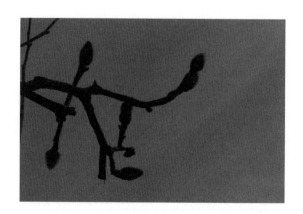

고민을 들었을 때

다른 사람의
고민을 들었을 때

무슨 생각에 빠져 있는지
사실을 제대로 보고 있는지
문제의 핵심이 무엇인지
욕심이 무엇인지

상대방 말을 잘 들으면
어려움의 원인을 알게 된다.

잘못을 알아차리고
생각을 알아차리고
문제를 알아차리게

물음을 통해서
자각하게 하여
변화하게 할 일이다.

상담

상담은

문제의 핵심이 무엇인지
이야기를 충분히 듣고

적절히 질문함으로써
듣는 이가 막힌 부분을 자각하게 하여
잘못된 인식의 굴레에서 벗어나게 되면

고민했던 사실을 직시하고
고통스러웠던 생각에서 벗어나

아픈 상처를
스스로 치유하도록

공감으로
에너지를 되찾도록

마주 앉아
거울이 되어 주는 것이다.

좋은 상담은

갈등의 매듭을 잘 풀게 하고

상처의 아픔을 치유케 하는 것이다.

여행

여행은
낯선 장소에서
낯선 사람과
낯선 풍경을 만나서
'낯선 나'를 찾아 나서는 것이다.

여행은
그동안 만나지 못하고
보지 못한 나를 만나며
설렘과 떨림으로
내면의 빛을 찾아 떠나는 여정이다.

동물들의 이별법

동물의 어미는
기꺼이 목숨 바쳐
새끼에게
먹이를 주고
각종 위험을 막아주고
보호하다가

먹이를 찾는 법
안전하게 살아가는 법을
전수하고 터득하게 한 다음

이별할 때를
알아서

때가 되면
가혹하고
매정하게
이별한다.

동물에게서
사람이 배워야 할 점이다.

위험한 책 읽기

책을 읽을 때
자신 생각과 일치하는
책만을 좋아하고

그런 내용의 책을
찾아 읽으며
세상의 모든 것을 아는 것처럼
만족하며 쾌감을 느낀다.

독서를 통해
자기 확증적 편향을 강화하고
굳건한 성을 쌓고
자신이 읽은 책 내용만으로
주장의 근거로 삼아
확신을 공고히 하는 데
사용할 뿐이다.

이런 독서는
삶의 지평을
깊고 넓게 하지 못하고

오히려 '우물 안 개구리'
자기 주관에 빠지게 하는
위험한 책 읽기다.

내가 읽고 싶지 않은 영역의 책이
무엇인지 살펴볼 일이다.

역할 다하기

부모, 자식 역할
남편, 아내 역할
사장, 사원 역할
직책, 직위 역할
국가, 국민 역할
수많은 역할들…

역할은 내가 아니기에
집착할 필요도 없다.

다만,
필요에 따라
때에 맞게
옷을 입었다 벗는 것 같이

주어진 상황에서
자신의 역할을
적절하게
최선을 다하고
때가 되면
벗어버리면 될 뿐이다.

나답게 살기

남의 칭찬이나 비판에
좌지우지되고

하고 싶지 않은 일을
억지로 하며
살아가는 삶은

나를 위해 사는 게 아니라,
남을 위해 사는 것이다.

나답게 산다는 것은
남과 비교하지 않고,
남을 지나치게 의식하지 않으며

타인의 칭찬과 인정에 얽매이지 않고
내가 무엇을 원하는지
나 자신에게 묻고

내 길을 가며
내 삶을 사는 일이다.

무지의 힘

무지가

오해를 낳고
갈등을 낳고
불신을 낳고

추측을 낳고
미신을 낳고
불안을 낳고

집착을 낳고
두려움을 낳는다.

모르면
전문가에게 묻고
배울 일이다.

열린 세계

열린 세계에서
살고자 한다면

거부 없이
무조건
'예'로 긍정만 한다.

내 생각을 고집하지 않고
'나', '너' 구분이 없으며
장벽과 장애물이 없다.

그 가운데
변화가 일어나고
새로움이 생기고
가슴의 떨림이 있고

신선한 삶이 있다.

생각의 만남

생각은

의미를 부여하고
선택하고
판단하고
주장하면서
좋은 '나'를 위해
무척 애를 쓴다.

구름이
생겼다 사라지듯이

언제든
떠오르는 생각을
잘 만나고 떠나보낸다면

또 다른 생각을
자유롭게 만나서
삶이 풍성해진다.

천성

사람마다 지닌
고유한 천성이
제대로 발휘되도록

자발적으로
자율적으로
자유롭게
제대로

성장하게 한다면

아이들이
순수하고
아름답고
행복하게
살아가게 될 것이다.

공놀이

공놀이는
강약, 장단, 속도
좌우, 고저, 안팎

때에 맞게
힘, 위치, 움직임이
적절한 균형과 조화를 이룰 때
만족하고 재미있고 즐겁다.

공놀이를 마친 후에는
열렬함도
환호도
싸움도
아쉬움도
모두 사라진다.

삶도 이와 같다.

세상 읽기

권력 다툼 구조
권력자의 생각과 감정
세상 사람들의 욕구

사건 사실
그리고 해석들…….

오늘도
세상은
자연의 이치대로

평형을 향해
움직여 간다.

세상을 움직이는 사람들

위협하고
폭력을 가하고
자유를
빼앗는 사람들

법을 만들고
법으로 다스리고
법을 집행하며
자유를
통제하는 사람들

무지를 깨우치고
사랑하며
자유를
구가하게 하는 사람들

이들이
세상을 움직이는
세 부류의 사람들이다.

감정 표현하며 살 때

감정은
생각보다
솔직하고
진실하다.

신체에서
표현하는 언어라서
본능적이고
순수하다.

감정을 솔직히
표현하며 살 때

가슴이 뛰고
통쾌하며
기쁘고
행복하다.

습관

먹는 습관
정리하는 습관
걷는 습관
말하는 습관들

습관은
쉽게 고쳐지지 않는다.

무수한 습관들은
그 사람이 살아온 모습이며
현재 삶의 모습이며
앞으로 살아갈 모습이다.

습관을 고친다면
앞으로의 삶이 달라진다.

줄 수 있는 것

자신이 가지고 있는 것만을
남에게 줄 수 있다.

꽃이 향기를 풍기고
오물이 악취를 남기듯
긍정적인 자는 긍정적인 것을
부정적인 자는 부정적인 것을
남에게 준다.

분노 속에 있는 자는 분노를 주고
우울 속에 있는 자는 우울을 주고
상처 속에 있는 자는 상처를 주고

즐거움 속에 있는 자는 즐거움을 주며
행복한 자는 행복을 줄 수 있고,
사랑하는 자는 사랑을 줄 수 있다.

그대는 지금 어떤 것을 줄 수 있는가?

엄마의 역할

엄마는
스스로
건강하고 행복하게 살아야
자녀를 잘 키우게 된다.

좋은 엄마는

따뜻한 마음으로
많은 시간 함께하고

눈을 마주치며
많이 웃어 주고

피부 접촉을 많이 하며
지지, 격려, 공감하며
대화를 많이 한다.

형제자매끼리
비교하지 않으며

자녀가 원하는 것을

절제해서 주려 하고

마침내 스스로

독립해 살아가게 한다.

생각과 행동

생각만 하고
행동하지 않거나,

행동만 하고
생각하지 않는 경우가 있다.

생각은
과거의 경험과
미래에 대한 염려에
사로잡혀 있는 것이고

행동은
현재를 사는 것이다.

생각과 행동 사이를
느낌이 조정하며 산다.

제5장

나를 찾아가는 길

길을 찾는 사람

생각 속에서
동굴 속에서
자기 틀 속에서
다람쥐 쳇바퀴 돌며

무지 속에서
두려워하고
수없이 의심하다가

문득
생각이란 껍데기를 깨고
굴레에서 벗어나
꿈에서 깨어나
동굴 밖으로 나오면

"사랑이다! 자유다! 평화다! 광명이다! 광복이다!"

동일시

구르지예프*는
사람들이 착각하는 것 중에 가장 큰 착각은 '동일시'라 했다.

자신을
어릴 때는 부모와 동일시하고
어른이 되면 학벌, 재산, 자동차, 친구, 직장, 직위 등과 동일시하여
자신인 양 과시하지만
진정 '나'가 아니라서
진정한 만족과 행복을 접촉할 수 없다.

부모는 내 부모이고
친구는 내 친구이며
학벌은 내 학벌이고
자동차는 내 자동차일 뿐

모두 '나'는 아니다.

내 안의 '나'를

---

* 구르지예프(George Ivanovitch Gurdjieff, 1877-1948): 그리스계 아르메니아인으로 영
향력 있는 유사종교운동을 창건한 신비주의자·철학자.

깊이 들여다보면

참으로 높고
더할 나위 없이 소중하고
고귀한 존재인
'나'가 있다.

그대는 지금 그대를 무엇과 동일시하고 있는가?

연기법칙

모든 현상, 일체가 원인과 조건으로 생성하고 소멸한다.
제상(諸相)이 비상(非相)임을 보는 것이 연기법이다.*

이것으로 말미암아 저것이 생겨나고
저것으로 말미암아 이것이 생겨난다.

이것으로 말미암아 저것이 소멸하고
저것으로 말미암아 이것이 소멸한다.

---

* 백창우, 『명쾌한 깨달음』, 134쪽.

개념과 실재

말은
개념을 담는 도구다.

개념은
마치 영화 속 삶과 같이
실재가 아니다.

지도 속 지명은 실재 땅이 아니다.
'들꽃'이란 말은 실재 '들꽃'이 아니다.

실재를 가리키는 개념으로 인해
오히려 실재를 만나기가 어렵다.

조약돌, 소나무, 참새, 꽃을
개념이 아닌
실재를 만나며
그대는 살아가고 있는가?

무경계

바다를 대서양, 태평양, 인도양 등으로 구분하고
땅을 아시아, 아프리카, 유럽, 아메리카, 오스트레일리아 등으로 나눈다.

그러나 존재는 경계가 없다.

바위가 돌로
돌이 조약돌로
조약돌이 모래로
모래가 흙으로
흙이 먼지로
형태와 모양이 변한다.

현상을 구분하고
현상이 변한다 해도

그러나 본질은 그대로다.

지수화풍

바람이 숨이 되고
물이 피가 되고
흙이 살이 되고
햇빛이 온기가 되고
산천초목이 뼈가 되니
몸은 우주다.

몸은
맑은 영혼과
의식적 생각과
무의식적 느낌이 함께한다.

무엇이 나이지?

새로운 만남

오늘의 그는
어제의 그와 다르다.

몸도
생각도
감정도 다르고
가치관도 다르고
처지와 상황도 달라졌다.

새로운 시간에
새로운 공간에서

새로운 생각과
새로운 감정으로
새롭게 만나는 것이다.

감각

보는 시각
듣는 청각
살갗으로 느끼는 촉각
맛있는 미각
향기로운 후각

생각에서 벗어나

대상과 접촉하면서
섬세한 감각이 일어나
행복해진다.

생각은
감각을 방해하지만

명상은
감각을 일깨운다.

순수 감각으로 느끼는 행복….

허상 세계

재물이 주는 부유함
권력이 주는 달콤함
명예가 주는 우월함
인정이 주는 만족감
그 끝은 언제나 허전하다.

꿈을 깨 보아야
꿈임을 알 수 있듯이

추구하는 것들이
허상임을 자각할 때

삶에
참, 자유, 평화, 고요가 스며든다.

침묵의 언어

불필요한 말을
모두 제거하고

꼭 해야 할 말들이
너무 클 때

침묵한다.

거기서
만나는 진실, 희열, 사랑

침묵의 언어는
가슴의 언어들이다.

내 안에서 찾기

어느 지역
부족 원주민들은
어느 순간
손자들에게

동서남북
상하
여섯 가지 방향에서

일곱 번째 방향
자기 내면을 향해
찾아서 살라고
가르침을 준다고 한다.

아무리
밖에서 찾고
찾아도

진정한 보물은
내 안에 있다는 지혜를
전수하려 하는 것이다.

생각

생각은
경험에서 생겨나서
과거와 미래에 머물러 있다.

생각은
나를 만족시키며
나를 좋게
나를 훌륭하게
내세우려 애를 쓴다.

논리, 판단, 평가, 추측, 상상, 비난은
모두 생각이지
행동도 아니고
실제 삶이 아니다.

생각에서 나와
'지금 여기'에서
행동할 때
제대로 삶을 산다.

그러면 생각이
비로소 빛이 된다.

나는 누구인가?

이름은
내가 아니고 내 이름이다.

직업은
내가 아니고 내 직업이다.

주소는
내가 아니고 내가 사는 곳이다.

직위는
내가 아니고 내 직위다.

신분은
내가 아니고 내 신분이다.

역할은
내가 아니고 내 역할이다.

소유물은
내가 아니고 내 소유물이다.

육체는

내가 아니고 내 육체다.

생각과 느낌은

내가 아니고 내 생각과 느낌이다.

그러면 진짜 나는 무엇인가?

주시의 비밀

보는 자가 있고
보이는 대상이 있다.

어둠 속에서
어둠을 보고

고요 속에서
고요를 듣는
이가 있다.

내면을 향한
주시의 비밀이 있다.

명상

명상은

몸에서 일어나는 반응
생각과 감정이 일어났다 사라짐
주위에서 일어나는 것들의 상황을
귀 기울여 듣고 세밀히 느끼는 것이다.

하늘이 구름을 관조하듯
자신이 자기를 잘 살피면

몸과 마음이
맑고 밝게 깨어난다.

명상은

몸과 마음을 잘 만나서
'진짜 나'를 찾아가는 방법이다.

편견과 지식, 관념을 내려놓고
순수한 어린이가 되는 것이다.

선인의 가르침

동양에서는
진리를 달로 비유하여

하나인 달이
천 강에 비침은
진리가 온누리에 현현(顯現)함과 같고

달을 가리키는 손가락은
진리를 찾아가는 화두(話頭)와 같다.

노자는 '도(道)'를 말로 표현하는 순간
'도(道)'가 아니라 했는데,
말이 곧 '도(道)'가 될 수는 없다는 이야기다.

강을 건너 타고 온 뗏목을 버리지 못하면
저쪽 언덕에 닿을 수 없다는 방편 이야기도
진리 자체를 가르쳐 주는 비유 이야기다.

모두
말일 뿐 실체가 아니고,
생각일 뿐 진리가 아니다.

물음

물음은
앎의 문(門)이고,
앎의 시작점이며
답의 실마리이고
생각을 넘어서게 하는
화두다.

물음이
그 사람의 수준이며
묻는 만큼 배우고
묻는 만큼 알게 되고
묻는 만큼 성장하고
묻는 만큼 깨닫게 된다.

학문의 핵심은 물음이다.

경계

문 안과 밖에는
문이라는 경계가 있고

몸 안과 밖에는
피부라는 경계가 있으며

나라 사이에는
국경선이라는 경계가 있다.

금식과 탐식에는
음식이 경계를 만들고

부유와 가난에는
돈이 경계를 만들며

미인과 추남에도
얼굴 모습이 경계를 만든다.

나와 너 사이에는
생각이 경계를 만든다.

경계가 무너지면, 하나가 된다.

가짜 나

부모를 만나고
친구를 만나고
사람들을 만나면서

듣고
보고
경험하면서

사람들이 심어주는 '자아(가짜 나, ego)'가 만들어진다.

집, 자동차, 직업, 부모, 친구, 학벌, 집안, 직위, 지식, 생각, 느낌 등을
'나'인 것처럼 동일시하며
'가짜 나'를 만들어낸다.

'가짜 나'를 성찰해서
'진짜 나'를 찾아가는 것이
삶의 중요 과제다.

절대 세계

절대 세계는
생각 너머에 있는
언어 이전의 세계다.

구분이 없고
분별이 없고
대립이 없이
하나로
연결되어
통합되어 있다.

순수의식이고
존재 세계다.

상대 세계

상대 세계는

선악 구분이 있고
옳고 그름이 있고
좋고 나쁨이 있고
분별이 있고
선택이 있다.

음과 양이 있고
빛과 어둠이 있고
갈등과 대립이 있다.

Ego의 세계
앎의 세계
지식의 세계이고
생각 세계이고
꿈속의 세계다.

깨닫기

깨닫는다는 것은
닫혀 있는 것을 깨는 것이다.

자기 틀을 깨기
생각 세계에서 벗어나기
사실 세계 접하기
가짜 '나' 알아차리기
편견과 선입관에서 벗어나기
용서하기
사랑하기
모든 것으로부터의 해방
모든 지식으로부터 탈피
아는 대로 행하기다.

스승

스승은

제자를
스스로 알게 하고
깨우치게 한다.

그리하여 때에 맞게
온갖 퍼포먼스(performance)를 한다.

근본 가르침은
참다운 삶을 살 수 있도록
의식 변화를 일으키는 것이다,

우주의 실상

동물은 식물, 공기 등과
식물은 땅, 햇빛 등과
해는 우주와
인간은 동물과 식물과 해와 우주와
연결되어 있다.

모두가 분리되어 있지 않고,
연결되어 있다.
하나다.

다만 원인과 조건에 따라서
생겨났다 사라지고
사라졌다 생겨난다.

전체에서 바라보면
증가하지도 않고
줄어들지도 않는다.

정반합

"산은 산이고, 물은 물이다."이란 말은
원래 불교 선문답에서 나온 것으로
성철 스님이 입적하기 전에 한 말로 유명하다.

처음에는 그냥 산이고 그냥 물인 줄 알았는데

험하고
아름답고
깨끗하고
더럽다고 생각하며

마음속에서
온갖
선악, 시비의
판단과 분별과 부정의
정반합의 과정을 거치게 된다.

마침내
마음의 시시비비가 사라지고
'산은 역시 산이고 물은 역시 물이다.'라는

존재가 확연히 드러날 때

다툼과 갈등이 사라지고
평화스럽고 자유롭게 된다.

말을 벗어나서 존재 세계를 이른 표현이다.

삶

생각으로
지어낸 세계는
사상누각이다.

직접
하고 싶은 대로
하고
만나고
느끼며

경험하는 만큼
삶이 다양하게 펼쳐진다.

경전

경전은
선악, 시비를 넘어서는 이야기이고
세상의 이치를 말하는 이야기며
'나'를 찾아가는 이야기다.

경전은
시간을 초월해 많은 이에게
사랑, 광명, 진리의 길을 찾게 하는 안내서일 뿐,
사랑, 광명, 진리 자체는 아니다.

경전은
다만 방편으로,
현상계와 존재계
이야기일 뿐이다.

그래서
"경전을 불살라 버렸다."는 이야기다.

자주인

자주인은
흉내 내지 않고
추종하지 않으며
의지하지 않으며

새로운 지평을 열고
자신의 삶을 살며
스스로 결정하고
자신이 책임을 진다.

자주인은
스스로 주인이 되는 사람이다.

선악, 시비

인간은
생각하는 존재이기에
선악, 시비를 구별하며 살아간다.

생각 세계는
선악, 시비가 있어서
다투지만,

사실 세계에는
원래 선악, 시비가 없어
다툴 이유도 없다.

하나의 원리

세상 모두가
연결되어 있다.

북극과 우리나라
육지와 바다가
연결되어 있고

나와 너
새와 나무도
연결되어 있으며

잘 익은 감은
햇빛, 바람, 흙, 빗물, 구름, 거름, 나무, 사람 등
우주와 연결되어 있고

결국
감을 먹는
나의 몸도
우주와 연결되어 있다.

감은
감 아닌 것으로 이루어져 있고
나는
나 아닌 것으로 이루어져 있으며

생각으로 분별하고 나누지만
세상 모두가 거대한 하나다.

실재

거울에 비친 모습은
실재하는 사물이 아니다.

말이 사물을 명명하지만
사물 자체는 아니다.

진리와 사랑이란 말은
진리와 사랑 자체가 아니다.

사랑한다는 말도
아름다움을 표현한 그림도
실재가 아니다.

원리원칙

각 분야에 뛰어난 자가
원리원칙을 만든다.

원리원칙을 배우고
이해하며
반복적으로
연습하면
전문가가 된다.

일이 잘 안 풀리고
혼란스러울 때는

전문가를 찾아 도움을 받거나
원리원칙을 기준으로
융통성, 창의성을 발휘하면 된다.

낮과 밤

낮이 좋다 하여
낮에만 살 수 없고

밤이 좋다 하여
밤에만 살 수 없다.

낮과 밤은
그대로인데,
내 감정이
'좋다, 나쁘다' 한다.

오로지
분별하며 살고 있다.

하늘과 구름

하늘에
온갖 구름이
일어났다 사라지듯

내 마음에도
수많은 생각과 느낌이
일어났다 사라진다.

하늘은
늘 푸르고 높다.
다만, 구름만 생멸하는 것이다.

구름은
원인과 조건에 따라
온갖 모양과 색깔을 지닌다.

하늘은
다만 구름에 의해
변하는 것처럼 보일 뿐

하늘은
구름의 영향을 받거나
변하지 않는다.

어떤 구름이
생성하고 소멸해도
하늘은 늘 그대로다.

진리와 사랑은
하늘과 같다.

받고 주기

읽고 듣기는
받아들임이고

쓰고 말하기는
드러냄이다.

지식을
받아들이고
표현하고

에너지를 충전하고
방출하고

숨을 들이마시고
내 쉬고

돈을 벌고
쓰고

삶은
주고받기다.

제대로 보기

우리는
똥을 냄새 때문에
피하려 하고
제대로 보지 못한다.

냄새를 빼고 보면
더러운 것도
깨끗한 것도 아닌
밥의 성분이 변한 것뿐이다.
그저 차이일 뿐이다.

이같이 사람을 볼 때도
편견과 선입관을 빼면
좋은 사람
나쁜 사람이 아닌

사람은
오직 사람일 뿐이다.

솔직하게 살기

아는 것은 '안다' 하고
모르는 것은 '모른다' 하고

들은 것은 '들었다' 하고
본 것은 '보았다' 하고

좋으면 '좋다' 하고
싫으면 '싫다' 하고

있으면 '있다' 하고
없으면 '없다' 하고

사실대로
있는 그대로
살면 된다.

이것이
제대로 사는 법이다.

공^(空)의 미학

텅 비어야
채울 수 있다.

텅 비어야
들어올 수 있다.

텅 비어야
알아볼 수 있다.

텅 비어야
제대로 숨 쉴 수 있다.

텅 비어야
줄 수 있다.

텅 비어야
사랑할 수 있다.

텅 비어야
행복할 수 있다.

텅 비어야
자유롭다.

텅 비어야
아름답다.

텅 비어야
진리와 함께 한다.

연꽃 이야기

연잎은
어떤 물이 다가와도
섞이지 않고
동그란 물방울로 흘려보낸다.

연꽃은
어떤 진흙땅에서도
물들지 않고
자신의 자태를 꽃피운다.

나는
어떤 생각이 떠올라도
머물지 않고
구름처럼 떠나보낸다.

도^(道)란 무엇인가?

도(道)는 삶 속에 있다.

"도(道)란 매 순간 있는 그대로의 현존이다."

삶에서 잘하려고 노력하려 하다 보니 힘들고 고통스럽지만,
삶 그대로, 있는 그대로 받아들이면 행복으로 충만하다.

지금 우리 자신의 삶 이대로가 도(道)요, 길이요, 진리다.

진리와 함께 하는 이는
다만, 순간순간 제대로 산다.

때에 맞게 일하고
조건 없이 사랑하며
어느 생각에도 머물지 않고
자유롭게 산다.

현존(現存)한다면
어떻게 살아도
진리에, 도에 거스르지 않는다.

---

* 김기태, 『무분별의 지혜』, 20쪽.

이 책을 읽고 인생과 삶에 대해 깊은 고민을 해본 적이 없는 사람이면 "뭐야, 이 책은 내용이 없네."라고 쉽게 넘어갈 수 있는 책일 것 같다. 조금이라도 고민과 역경을 경험해 본 사람은 감동과 깨달음을 얻을 수 있는 책인 것 같다. 나도 이 책을 읽으면서 감탄사를 얼마나 날렸는지 모른다.

다만, 대부분 책들이 그러하듯 독자들은 책을 펴면 긴 스토리와 장대한 내용을 기반으로 하여 결론을 인지하는 식으로 흘러가는 책을 기대하지만, 이 책을 쓴 저자는 정말 군더더기는 다 빼고 독자들에게 전하고자 하는 내용의 핵심만 간결하게 적어 놓아서, 오히려 사람들이 스스로 생각해 보게 유도하는 책인 것 같다.

이 책을 읽으면 읽을수록 매력이 있는 책이라는 걸 알게 되었고, 매력에 빠져 두 번째 읽었을 때는 더욱더 깊은 감동으로 다가왔다. 이 책이 "삶을 변화시키고 싶거나 인생의 선택의 기로에 놓였을 때 읽으면 좋은 책", "번지르르한 미사여구 없이 인생을 살아가는 방법의 핵심만 정리한 책", "작은 삶의 지침서", "포켓에 넣고 다닐 수 있는 인생의 조언들", "짧지만, 삶의 지혜가 담긴 책", "명상록"이란 생각이 들었다.

두고두고 인생의 지침서로 삼으며 오래 간직하고 싶은 책이다.

30대 회사원

나를 찾아 나서는 길

ⓒ 서해원, 2022

초판 1쇄 발행 2022년 5월 27일

지은이   서해원
펴낸이   이기봉
편집   좋은땅 편집팀
펴낸곳   도서출판 좋은땅
주소   서울특별시 마포구 양화로12길 26 지월드빌딩 (서교동 395-7)
전화   02)374-8616~7
팩스   02)374-8614
이메일   gworldbook@naver.com
홈페이지 www.g-world.co.kr

ISBN   979-11-388-0975-7 (03810)